KB138653

처음

해와 달이 마주하고
시작과 끝이 편안하게 길이 된다
그대로 하여
꽃잠을 잘 수 있음에 다시
꽃이 되고,
순간 속에 있는 먼 그날
오늘

바라나시의 새벽

바라나시의 새벽

1판 1쇄 인쇄_2023년 04월 20일
1판 1쇄 발행_2023년 04월 30일

지은이_김미형
펴낸이_양정섭

펴낸곳_예서
등록_제2019-000020호

제작·공급_경진출판
사업장주소_서울특별시 금천구 시흥대로 57길 17(시흥동), 영광빌딩 203호
전화_070-7550-7776 팩스_02-806-7282
홈페이지_https://mykyungjin.tistory.com
이메일_mykyungjin@daum.net

값 12,000원
ISBN 979-11-91938-48-7 03810

예서의시 025

바라나시의 새벽

김미형 시집

차례

제2부

제3부

제4부

제1부

강이 문을 열다

우렛소리가
북한강 물 밑을 휘젓고 간다
여긴가 하고 귀 기울이면 어느새
저만치 가고 있다
겨울이 화해하는 소리다
꽁꽁 언 강물의 굳은 낯빛
여기저기서 문을 연다

사람도 굳게 닫힌 마음문을 열 때
산고를 겪는다

나는
몇 번이나
때맞추어 봄 강물이 되었을까

봄마중꽃

겨울 끝자락에 사라진
싸락눈
봄 햇살 야들야들한 이른 아침
싸락싸락
꽃으로 피었다

무탈無頉

바람 불지 않은 한 해 없었다
마음먹은 대로 다 이루어진 한 해도 없었다
무슴슴한 한 해도 없었다
입안에 혀 같은 인연은 더더욱 없었다
내 마음도 나에게 그랬다

숨이 차면 느리게 걷고
말[言]이 말[馬]이 되어 달리면
말[言]을 쉬게 하고
슬픔이나
아픔이나
외로움이 손을 내밀면
낯설지 않은 숨처럼 보듬고
더 슬프고 아프지 않아
고맙다고 다독인다

거친 바람 앞에서는 몸을 낮추고
흔들리면서도
길을 잃지 않고 걷는다

느리게

산수유나무 꽃문이 열릴 즈음

바람이 잠자는 봄을 흔든다
직박구리도 산수유나무에서 시끌벅적하다
겨우내 더 농익은 산수유 열매
나무와 헤어지는 이월이다
혼자서는 떠나지 못할 것을 아는 듯
직박구리는 부리가 아프도록 열매를 쪼아댄다

열매의 붉은 눈시울이
꽃물로 흘러내려서
밑동 잔설에 선홍색 옷을 입힌다

봄비가 다가와 속삭일 때마다
적적했던 나무가
노란 봄을 튀겨낸다

꽃문이 열린다

쑥떡

밥솥에
웃김도 나기 전에
꺼내 먹던
긴 봄날이 있다

삼월에 내리는 눈

연분홍 꽃잎들이
볼을 붉히며 흐르던 날
순백의 연미복으로
꽃 속에 오신 그대여
넋을 잃고 바라보다 고개 숙이니
꿈결인 듯,
어느새 떠난 발치에는
채 마르지 않은 눈물 자국뿐

나의 블랙홀이었던 그대
사랑한 날도 꿈결이었다

사월

햇차 맛이 나른한 몸을 깨우는 달
고사리가 땅에서 고물고물 솟아나는 달
목련 꽃잎 위에 겨울 추위가 잠시 앉았다 떠나는 달
참새 주둥이만 한 새순이 오리주둥이만큼 자라는 달
산과 들이 온통 연둣빛으로 옷을 갈아입는 달
시금치꽃이 피고 줄기가 질겨지는 달
황어黃魚가 알을 낳으러 강으로 올라오는 달
해뜨기 전 마늘종을 허리 휘도록 뽑는 달
하늘과 강물이 연하늘색으로 순순해지는 달
메타세쿼이아 열매가 우박처럼 쏟아지고
나무는 밤마다 새순을 낳는 달

카란*을 꿈꾸다

—팬데믹에 갇힌 젊음에

언제쯤 웃을 수 있을까?
혹등고래 입 속으로 빨려 들어간
바다 낚시꾼이 본 뱃속이다

빛은 어디에 있을까
숨소리를 낮추고 사방을 섬세하게 둘러보면
칠흑 같은 어둠에도 빛이 있단다
그 길은 마음 폭을 줄이고 느리게 걸어야 한단다
빛과 어둠은 들숨과 날숨 같은 우리 삶이란다
긴 가뭄에 키보다 더 넓게 뿌리내리는
바오밥나무처럼
그대 영혼의 힘줄이 탄탄해 질게다
산등성이에 가보려무나
나무들이 한곳을 바라보며 인사하듯 서 있단다
자신을 낮추고 바람의 길을 거슬리지 않아서란다
머지않아 빛챙이가 고통의 시간을 걸러서
코로나19 붉은 왕관을 벗게 할 거야

두려워하지 말아라
어둠은 빛의 어머니란다

그대 나무에
카란꽃 타래가 너울거리는 꿈을 꾸자구나

*카란: 산스크리스트어의 '빛'

그냥 가보고 싶었다

마음이 앞서 걷는다
산과 산 사이
개울을 끼고 도는 오래된 길
들꽃들이 뿌리를 걸치고 피어 있다

푸짐한 느티나무 등 뒤에서
보고 싶은 얼굴들이
활짝 튀어나오는 상상에 젖는다
기억을 낱낱이 펼쳐도 기억에 없는,
훌렁하게 등을 누이고
아련한 시간을 자꾸 부른다

여름 모래밭에
자분자분 밀물이 채워지듯
눈물이 휑한 가슴을 따뜻하게 적신다

언제 살았던 곳일까

시간

한 번쯤
모른 척하고 지나쳐주길 바랐다
은밀하고 싶을 때도
끈질기게 따라다니고
기쁜 순간도 매몰차게 데려가는
치밀한 동행이다
구석구석 간섭하고
흔적을 남긴다
지치지도 않는다

마이 아푸다

아파트 잔디밭에
풀베기가 시작되었다
쓰디쓴 풀냄새가
온종일 동네에 그렁그렁하다

거침없이 자란 풀들이
어린 풀을 꼭 껴안고
신음하듯 흐느낀다
통곡이다

피붙이의 고통에는
어떤 위로도
겉돌기만 한다

말빚

절집 예불문을 풀어쓴
무비 스님의 '천수경' 책을 사려갔다
곁에 서 있던 낯선 스님이
뜬금없이

"아직도 그런 쉬운 책을 보시나요?"

"스님께서는 어제 공양하시고 오늘 안 하십니까?"

선 채로 얼음이 되신 스님,
놀라서 도망치듯 나온 삼십 어귀였다

순식간에 나온 당돌한 말
잊지 않고
잃지 않으려고
첫마음에 덧씌워진 뚱뚱한 생각에
군살치기를 한다

사람의 길

"화엄華嚴의 삶이란
고통을 서로 나누는 삶이다
올 사람을 기다리는 것은 쉽다
오지 않을 사람을 기다릴 줄 알아야 한다"

스님의 법문을 듣고 목이 멘다
아름다워서
연민스러워서

바라나시*의 새벽

어둠을 배웅하는 샛별이 유난히 밝다
낮에 보았던 고단한 얼굴들이
이정표 없이 서성이는 거리,
허름한 사원에서 비치는 작은 불빛을 들고
힌두신들이 길마중을 하고 있다
어슴푸레한 수묵화 속에서 사람들이 걸어온다
별들이 내려와 눈동자 안에서 반짝인다
두 손 모으고 기도하는 얇은 어깨에
소원이 빛으로 오는 새벽이다

*인도 북부 갠지스강 연안에 있는 도시

수종사 나한신종神鐘

시뻘건 불 속에서
거대한 쇠꽃이 피었다

둥글고 보드랍고
여리디 여린
소리꽃이 울려 퍼진다
잠잠하고도 깊어라

쇳소리는 쇠를 잊고
산과 들 강물 너울너울 날아서
모두 보듬는다

그 품이 너무 넓어
품이 없다

꽃의 말

나무들이 우는 겨울밤에도
고물고물한 잎새 훑어가는
이월 된바람에도
아름드리나무 뿌리째 흔드는 태풍에도
팽팽한 마음줄 놓은 적 없었다

그렇게
꽃이 피었다

고분

여기저기
보름달이 솟은 경주
기울지 않은 달이 사립문 밖에
두둥실 앉아 있네
그 달집 안에는 어머니,
어머니의 어머니가
만삭의 몸으로 서라벌을 품고 있네
수천 년째 핏줄을 품고 있네
우리를 품고 있네

화엄사 하수구

땅속에 묻힌
커다란 보름달을 보았다
쏟아지는 온갖 궂은 것 다 껴안는

화엄을 보았다

큰길

화엄경華嚴經 보안장자 법문을 듣는다

“도로가 넓다는 것은
자비심이 굉장히 넓다는 것이다
대도大道는 어딨습니까
대도는 무문無門이다
그 뜻이 어떠합니까
작은 길에는 사람도 혼자 다니기 힘들지만
큰길에는 말도 다니고 수레도 다닌다.”

갠지스강 강가의 거리
몸이 성하거나 불편한 사람
머리채를 잡고 소똥 위에서 뒹구는 사람
새 벌레 염소 개돼지 소 파리
오토바이 자전거 택시 버스 달구지…
모두 뒤엉켜 아수라장이다
눈에 보이는 것은 무질서
그 속에 보살행이 가득하다

자비로 가득한 거리
사람의 마음이 흐른다

낮달

지그시 눈을 뜨면 더 잘 보인다

지난밤 어둠 밝힐 때
미처 보듬지 못한 곳 있었는가
살피면서 가고 있다

그 마음 씀씀이
빛나지 않으면서
눈부시다

제2부

쿠션언어

달콤해서 자꾸 댕긴다
많이 먹으면
고개가 숙여지지 않고
어깨에 불룩한 구름산이 생긴다
지나치면 생각이 흐려지고
눈도 가리고
귀도 막아버리는

쌓을수록 낮아진다

참회의 탑

낙산사 무료 국수 공양간

국수가 채반에서 하얗게 웃고 있다
그릇에 한 똬리 수북하게 담고
바다 한 숟갈
심줄 훤한 김치 몇 조각 얹으면
봄 여름 가을이 어룽거린다

모두 긴 일생을 나누는 수행자다

맑은 장국에 덤으로 얹는 고명
"부족하면 얼마든지 더 드세요"
목소리에도 김이 모락모락 피어난다

외롭거나 혹은 넘치거나
남몰래 국수를 갖다 놓은 사람이나
수만 리 바닷길을 건너온
바람의 야윈 뱃구레도 달덩이로 빚는
국수 한 그릇

국수사리에서 부처가 쏟아진다

차를 마시다

햇볕과 바람

비와 달빛

별빛을 머금고 마주 앉아

사람,

그 마음을 마신다

성전

할머니가 성당 앞 길가에 주저앉았다
꽃을 피우던 그날에서 멀어진 몸
실바람에도 허연 머릿결이 흐느적거린다

지그시 눈을 감은 채
가쁜 숨소리보다 더 바쁘게
묵주를 돌린다

부서질 듯 얇은 몸이 간소하고 성스럽다

낮은 마음으로
간절하게 기도하는 순간이
그분이시니

니르바나*로 가는 길

바다를 순례하던 운수납자는
멀고 먼 산동네
겨울 무문관無門關으로 왔다
펄떡거리는 마음 얼리다가 녹이다가
생각조차 멎는 추위에
몸은 수없이 울었다

하늘을 지붕 삼아 두 눈 부릅뜬 채
노랑노랑한 봄날을 꿈꾸는 황태들,
등줄기 곧추세우고 묵언 수행을 한다

눈 쌓인 겨울밤이
달빛 이불을 덮어준다

*니르바나: 일체 번뇌를 해탈한 최고의 높은 경지

난 널 이해해

겪지 않고는

함부로 할 수 없는 말

봄동꽃이 피기 전에

종이 상자에 담겨온 푸성귀들
미처 떠나지 못한
겨울 갯바람 내음도 함께 왔다

종일토록 밭에 엎드려
둥근 달이 된 동무가 아른거린다
하루에도 몇 번씩 드나들던 발걸음 소리
통통한 쪽파에서 들리는 듯하다

들판 쏘다니던 봄동꽃이 긴 낮잠을 잘 때
나른한 입맛 다그치라고
삭인 고추까지 보내왔다

"새콤하게 무쳐서 묵으래이"

천 리 길 너머에서 들리는 목소리
눈가에 실주름이
잔정으로 피어나는 봄날

입과 주둥아리

봄날이 활짝 핀 한낮
까치 새끼가 땅바닥에서 어리벙벙하다
길냥이가 오기 전
나뭇가지에 올리려고 다가선다
후다닥 다가온
엄마아빠 까치의 다급한 소리
새끼에게 위험을 알린다
거룩하다

사람이 감정을 주체하지 못하고
살을 붙이고 바람을 넣어
말풍선을 만들었다
거대한 마음벽이 생겼다

사는 모습이 경전이다

수만 글자가 빼곡하게 앉은 책
읽고 또 읽으며 기대었다
어느 날 거센 폭풍우가 몰아친 터전
내 일처럼 보듬어주는 손길
버겁도록 생채기를 남기고 떠나는 사람
얇은 언어로 소설을 써서 흩뿌리는 사람
애써 무덤덤한 눈빛
낯익은 것들이 낯설게 떠난다
먼지 나도록 기대었던
책 속 글자들은 표정 없이 누워 있다

다급하고 절실한 순간
사람 모습에 경전이 펄떡거린다

새벽달

밤새
달빛 나누며 온
먼 길
지친 낮빛은 찾을 수 없다

더 맑고 밝아서
홀가분하다

전화벨이 울리는 동안

겨울 핑계 삼아 봄까지
안부를 미루는 사이
낯익은 전화번호가 울린다

처음 암자에 갔던 날
눈으로 볼 수 없는 것을 헤아리라고
소곤거리듯 당부하실 때
찻물 내리는 소리 우렛소리로 들렸다
생강나무 꽃잎이 노랗게 귀 기울이다가
살며시 손을 잡아주었다

멧돼지가 밤새 휘젓고 간 감자밭
여섯 살배기 밤보다 무서운 정랑 가는 길
어둠을 거느리던 암자의 작은 촛불
내리쏟아져 내 안에 가득한 별
감마선보다 센 아침 햇살을 타고
전화벨이 오랫동안 나를 부른다

첫 만남부터 이 순간까지
인연이 찰나에 있다

불이不二, 코로나19 미뉴에트에 맞추어

붉은 왕관이 무도회장을 휘젓는다
초대하지 않은 손님,
파트너를 가리지 않고
바람에 흩날리는 꽃잎처럼 춤을 춘다
그가 스쳐 간 곳곳에서
빈부귀천 없이
고열과 통증으로 허우적거린다

살얼음판 한가운데서 지난날을 새김질한다

마구 먹고 버리고
무수히 죽인 생명의 피
붉은 가면을 쓰고 돌아왔다

모든 생명은
둘이 아니라는 진리를 보여준다

욕망과 이기주의가 잠시 멈춘 지구촌
남실바람이 시나브로 푸른 하늘을 보여준다
야생 불곰이 150년 만에 산문을 열고 내려왔다
도심의 호수에는 홍학이 무리 지어 춤을 춘다

무지無知

절집 지붕이
푸른 비닐로 기워져 있다
기와 한 장에 얹힌
사람들 소원이 너무 많아
밤낮을 잊은 중노동으로
젊은 나이에 드러눕고 말았다

말하지 않는다고
아픔을 모르지 않는다
보이는 것만으로
삶의 무게를 말할 것도 아니다
꽃이 꽃으로 불리어지는 것은
기왓장에 소원 새기지 않았지만
비바람과 추위마저 사랑한
가슴인 것을

어느 절집 지붕 위에서
고통에 시달릴 소원이여
그대 등허리에 두 번 다시는
육신의 안락함을 짐 지우지 않겠다는
언약을 보냅니다

정답

그대 속마음을 알았더라면
수없이 넘어지며
힘겹게 일어서지 않았을 텐데

폐사지에서

형형한 새벽이 빈 절터에 가득하다
한 방울 빗물에도 살점을 나누던 석탑이
빈 금당을 바라보고 선정에 들어 있다

돌아누운 주춧돌
부처를 우러렀던 당간지주
정화수 올렸던 돌그릇에서
무릎 닳도록 엎드렸던
간절한 서원들이 배어나온다
흩어진 기왓장도 두 손 모은다

돋아나는 나뭇잎
흩날리는 꽃잎도 자비롭다
바람이 훑고 간 쑥대밭에서
오래된 오늘이,
어머니의 새벽이 깨어나고 있다

부처가 된 느티나무

오래된 느티나무들
온갖 소리와 그을음에도 늠름하다
햇살이 가져다준
검푸른 옷 갈아입는 나뭇잎들
부지런하다

가끔 폭풍이 휘몰아칠 때
차마 드러내지 못한 쓰디쓴 물 토하며
남몰래 목 놓아 울기도 한다
허리 휘도록 흔들어도
마음 여물게 붙들어 몸을 키우고
뿌리에 힘줄 굵게 키운다

낮아져야 깊어지는 순간을
놓치지 않는 나무들

잡초는 위대하다

쇠비름을 뽑아서 돌 위에 놓는다
밤새 내린 이슬 한 방울 마시면 또록또록
열흘이 지나도 쉽게 시들지 않는다

단비가 내린다
돌 위에 풀들이 춤을 춘다
밭에 남겨진 잔뿌리도 기지개를 켠다
버텨서 이겼다

숱한 실패와 고난에도 지치지 않은
스티브 잡스(Steven Paul Jobs, 1955~2011년),
작은 스마트폰에 세상을 다 불러 모아
지구촌이 이웃이 되었다

스티브 잡스, 잡雜도 위대하다

산이 울다

산에 길을 내면서
오래된 나무 허리춤이 잘려 나갔다
무성한 잎에서는 푸른 피가 솟구치고
새들이 허둥대다가 길을 잃었다
바람마저 현기증을 일으키고
산은 짧은 통곡을 하고 적막에 싸였다
수십 년 동안
숲속 하소연 다 들어주고
오가는 새들 집이 되어 주었다
어느 한 철도 게으르지 않았고
산을 산답게 지키던
거대한 나무,
검게 썩어 문드러진 속에
구멍이 숭숭하다

어른이 된다는 것은
울어야 하는 순간에도 웃으면서
울어야 하는 것을 알았다

보고 싶은 아버지

염주

모난 생각을 둥글게 빚는다
그 둥근 생각조차 닳아서 없어지도록
마음맷돌을 돌린다

제3부

붉은 지심도에서

저 사랑이 언제쯤 식을까
파도는 쉼 없이 다가와 물을 퍼붓는다

마음이 가는 길
막을 수 없어
더 뜨겁게 불타오르는
동백꽃

사랑할 때는 흠뻑 사랑하게
모른 척 하라고
파도를 붙잡는 바위

쇠백로

오래도록 꿈쩍 않고 서 있다
울퉁불퉁한 개울 가운데서
모래 위에 서 있는 듯 부드럽다
한 끼를 위해
깃털 하나 흩트리지 않고
간절하다
마음을 함부로 쏟아버리지 않아서다

삶이 정성스럽게 흐르고 있다

고목

—500살 된 수종사 은행나무

산등성이에서 바람도 강물도 무심하게 바라보는 은행나무 한 그루 우람차다 멀리서 보면 큰 산도 몸을 낮추는 아버지, 허리춤에 기대면 든든한 오라버니들이다 너른 가지 뻗는 곳마다 떠돌던 풀씨도 보듬어 키우는 어머니 치마폭이다 기린초가 노란 잔치하는 봄날, 아기 소나무와 산국도 연둣빛 춤을 춘다 폭풍우와 가뭄에 산이 몸서리칠 때도 더부살이 식구들을 껴안고 숨소리를 다독인다 거칠게 흐르던 산 아래 북한강 물빛도 덩달아 자비로워진다 사람은 어깨 처지도록 메고 온 도시를 비우느라 나무 아래서 시간을 잊는다 세조께서는 수백 년 후 백성의 마음마저 헤아려서 심으셨을까

오미자 차

쓴맛
단맛
매운맛
신맛
짠맛
모두 녹여서 우러난
다홍빛
고혹하다

강강술래 하듯 어우러져야
곱디곱구나

입추 전날

어디로 갔을까
문 앞에 드러누운 매미를
나무에 올려놓았는데
귀뚜라미가 인사를 한다
소리 없는 절기節氣가 소리로 온다
흘러간 시간이 다시 만날 듯 그립다
밤 11시
귀뚜라미가
성글게 열린 풋감 볼처럼 운다
귀뚤
귀뚤
귀뚜르르

광장시장 먹자골목

지글거리는 불판 한쪽에서
빈대떡이 따뜻한 탑으로 쌓인다
어느새 밀밭에 부는 바람도 달려와
칼국수 솥에서 너울거린다
어머니 부뚜막이 그리운 사람들이
왁자그르르하게 속앓이를 풀어놓는 곳,
하루에도 몇 번 깔깔거리다가
토라져서 섬이 된 동무들이
꽁보리밥에 흩어져 있다
목이 쉬도록 주고받는 걸쭉한 사투리에
매미도 소리를 낮추는 한여름 밤

어머니가 그리운 날
그곳에는 늘 손맛이 기다린다

구절초

보리암 가는 산길
보름 달빛 밟으며 오르던
어머니의 새벽 염불
구절구절
구절초 꽃으로 피었다

말실수

새 한 마리
먹이를 쪼느라고 삼매에 들었다
배와 등이 바짝 붙은 표범 눈빛이
햇살을 집어삼킬 듯 이글거린다
풀잎 하나하나 헤아리듯 엎드려 기어간다
근육질이 현악기 줄처럼 팽팽하다
표범의 목표는 오로지 새다
주마등으로 달려 덮치려는 순간,
숨소리에 섞여 나온 날카로운 외마디
새는 튀어 날아서 위험을 알린다
숨을 몰아쉬며 주저앉는 표범
가족의 만찬은 감비아강 너머로 멀어졌다
절박한 순간 외마디가

화구禍口가 된다
화구和口가 된다

아프리카 뜨거운 햇살이
달구비 한 무더기 불러와서
거친 숨소리를 식혀준다

아기 방귀

쌔근쌔근 잠이 든
아가 몸에서
뿌—우웅! 뿡!
뱃고동 소리가 난다
자다가 소스라치게 놀라서
자지러지게 울다가
금세 평온해진다

몸 밖으로 내보내는 일도
힘이 넘친다

완벽한 회향이다

가을밤

스쳐 가는 잔바람에
나뭇잎들이
뒤척이며 야위어 간다
나무는 떠나는 길에
삶의 무게를 싣지 않는다

꿈꾸는 불씨

대학로 야외공연장
꽉 찬 어둠 앞에서 청년이
홀로 노래를 부른다
내게 머물렀던 메마른 시간도
그곳에 와 있다
걸음을 멈추고 리듬에 마음을 맡긴다
살을 에는 추위보다 더
아프게 꿈을 꾸는 겨울밤
풀무질로 한껏 봄을 피워서 무대로 보낸다
흔들리는 목청을 위로하는 사이
노래가 끝난다
손바닥이 달궈지도록 손뼉을 친다
"고맙습니다"
졸고 있던 나무들도 덩달아
손뼉을 친다

갈대가 사는 법

겨울바람에 몸을 맡긴다
은빛 더벅머리 춤추듯 흔들린다
줄기에는 윤기가 카랑카랑
강물 속에서 맨발로 흐트러지지 않는다
'오월' 화두를 들고 동안거에 든
꼿꼿한 정진이다

매서운 참회에 간절하게 엎드리기도 한다
어리석음이 햇살을 덮을 때도 있다
살가운 바람이 회오리바람으로 돌변하기도 한다
모두 보내야 '오월'을 만날 수 있다

명주바람 살풋한 봄날
야윈 줄기에서 홀보들한 소리가 난다
고난의 시간이 무르익은 득음이다
흐린 물도 맑은 물로 회향하는 보살이다

불두화가 뭉실뭉실 필 즈음
터부룩한 흰 머리카락도
밤마다 바람이 되고

갈대 밑동에서

푸른 잎이 무더기로 올라오는

오월

겨울 바다에 꽃이 피다

—KBS 인간극장, 푸른 바다의 전설

수평선에서 불덩어리 하나 덥석 안긴다
대게 잡는 부부의 검푸른 아침이다
파도와 한몸으로 춤추기까지 흘린 눈물의 바다,
그물을 던져 놓고 며칠 만에 찾아간 어장에서
어린 대게들이 설익은 강낭콩처럼 올라온다
다시 어미 품으로 돌려보내는 어부의 손끝에서
고물고물한 대게 다리가 실국화처럼 피어난다

"오늘은 복 받은 날
이렇게 방생을 많이 할 수 있으니 얼마나 좋노"

바닷속으로 흩어지는
아내 목소리에도 마음꽃이 활짝 피었다

파도가 볏을 낮추고 만선을 약속한다

외할머니의 수의壽衣

가을이 감나무에 발그레 앉은 날
마당에 멍석이 펴지고
이웃 아낙들이 둘러앉았다
외할머니는 장롱 깊숙이 간직한
보자기를 안고 초례청으로 나오던
그 첫걸음으로 나오셨다
올 매듭이 간간이 박힌 손으로 짠 수박색 명주,
짙은 곤지빛 명주도 수줍은 듯 펼쳐졌다
시집온 날 입었던 옷 빛깔이다
치마저고리와 활옷은 품이 후하게
손바느질로 만들었다
이생의 그림자를 앞세우고
다음 생으로 가는 길
첫 인연에 선보일 옷이다

어둠이 저녁상에 앉기 전 멍석이 걷히고
외할머니는 여느 때와 같이
처마 끝에 등불을 밝히셨다

슬픔

1

삽살개 통이가 웅크린 채
아무것도 먹지 않고 꼼짝하지 않는다
일곱 마리 새끼를 뿔뿔이 보내고 나서다
차마 바라볼 수 없이 안쓰럽다
사람이 몹쓸 짓을 하였다
말 못하는 통이의 속
검은 털보다 검게 타고 있다

2

쇠물닭이 어찌할 바를 모른다
부들과 갈대 사이에 숨겨 놓은
갓 깨어난 새끼들
장마로 불어난 강물에 휩쓸려 간다
물뱀 한 마리 빠르게 따라간다

3

당숙이 병원에 가셨다가
관棺에 누워 넋으로 돌아오셨다
수십 년 같이 살아온 소

외양간에서 서럽게 울며 빙빙 돌았다
당숙모가 힘에 부쳐 소를 팔던 날
사람도 울고 소도 울었다

다시 쓰다

온다는 말도 없이 온
낯설고 아픈 경험들이
뭉그적뭉그적 떠나지 않았다

그것은 틀리고
이것이 맞다고
꾹꾹 눌러 쓴 빗장을 하나둘 풀었다

그것은 틀린 것도 아니고
이것이 맞는 것도 아니고
다를 뿐이라고

중국 오대산 북대에서

햇살이 촘촘하여 길이 없다
하늘 바람 산 햇볕 사람이 한 묶음이다
말[言]은 이미 나들이를 잊었다
두리번거리는 사람
별바라기 하는 사람
멍하게 앉아 있는 사람
절하는 사람
보름달만 한 배를 한껏 드러내고
코 골며 자는 사람,
숨을 쉴 때마다 배가 넘실거린다
햇볕이 다가와
그윽이 쓰다듬는다

모두 흘러와서 흘러간다

푸새한 하얀 홑청처럼 정갈하고 간소하다

오늘은 누구세요?

가시 돋친 말 한마디
온종일 속앓이로 머물렀다
내 안에서 나를 웃고 울게 하다가
가끔은 지치게 하는,
첨단 의료기에도 나타나지 않는 통증이다

새벽녘 꿈만도 못한
지나간 말에 스스로 묶여
순간순간을 잃는다

칙칙하던 속 뜨락이 자르르하다
지나는 바람에도 눈인사를 하는 맑음

어디에서 나오는가

봄비가 내리는 밤
잠을 잊은 채 뛰노는
어린 나뭇잎들
불빛과 어우러져 별밭이 된다
마음에는 온통

봄비 나뭇잎 볕밭,

누구인가

잉걸불

일흔이 넘은 듯한 여인이
지하철역 간이 의자에 앉아
저녁을 화장한다

열차가 숨을 고르고 떠날 때마다
입술에는 붉은 목단 꽃잎이 피어난다
얼굴 한 번 토닥거릴 때마다
굵은 주름 하나씩 삼키고 있다

다시, 숨차게 달려온 열차 문이 열리고
헐렁한 남자를 보는 순간
입맞춤으로 몸이 바르르 흔들린다

오가는 사람들 눈동자에 백열등이 켜지고
수군거림은 먼 별나라 이야기
우주의 중심이 되다

눈

분분하게 내리는 눈
앉을 자리에 앉아서 더 아름답다

제4부

니 맘 내 맘

부러진 굴참나무 가지가
진달래 꽃무리를 덮치고 있다
아픔을 참는 꽃의 낯빛이
골짜기를 더 붉게 물들인다
나무와 어떤 인연으로
무거운 짐을 지게 되었는지 애써
묻지 않았다

강산이 변하도록 가족처럼 산 사람,
큰 바위 하나 안겨주고 등을 보였다
숨을 쉴 수 없던 그때가 생각나
나뭇가지를 모두 걷어내고
꽃잎 하나하나 어루만져주었다

내 눈에 맺힌 눈물이 떨어져
꽃의 눈물을 씻는다

큰오빠

술기운이 거나하게 사람을 어르는 밤
땅을 흔들며 집으로 오는 발걸음
가슴에 꼭 안긴 누런 종이봉투는
구겨져서 울상이 되었다
부산역 맞은편 화교 마을 화덕에서
바싹 구운 속이 텅 빈 빵
말수가 적어 무뚝뚝하기 그지없지만
얼굴에 불그레한 술꽃이 피면
달콤하고 부푼 말이 술술 새어 나왔다
잠사태 나는 눈꺼풀 밀어 올리며
빵보다 먼저 배부르게 먹던
오라버니 따뜻한 마음
간간이 짖어대던 누렁이와
산마루에 걸터앉은 달님도
혀 꼬인 목소리 아련하게 들었다

빵보다 달달하고 따뜻한 속마음
수십 년이 흘러도 지지 않는 꽃

열매달*

무스를 잔뜩 바르고

머리털을 치켜세웠던 여름,

단정하게 머리를 빗어 넘기고 말수마저 줄었다

짙게 그을린 나뭇잎들이

여물 냄새 풍기며 별이 되는 새벽녘

소소하다

절정을 가라앉힌 하늘이 푸르게 익어간다

겪지 않고는

무르익을 수 없는 구월,

초대받지 않았지만

하루에도 몇 번 그대 뜨락에서

나도

그대가 된다

*열매달: '구월'의 우리말 이름

시월 햇살

저 홀가분한 몸짓

낱낱이라고 해도 한 무리

한 무리라고 해도 낱낱이다

태풍의 깊은 상처마저 고스란히 보듬어

발그레 웃고 있다

이파리 사이로

설핏 비치는 빛도 자비롭다

잘 영글어서

순순하게 비우는 그의 가을걷이

나누어도

나누어도

한가득하다

가을 연지에서

생의 마지막을 볕바라기 하고 있다
야윈 목덜미로 간신히 연밥을 받들고
몸을 추스르지 못한다
스치는 바람에도 무심하지 못했던 봄 여름
연잎들이 온통 상처투성이다
간간이 서걱거리는 소리가 텅 비었다
바람도 고개 숙이고
그 상처가 덧날까 봐 살근거리지 않는다
꽃을 피운 그날도
마주 보고 팽팽했던 그날도
모두 보듬는 저물녘이다

이환이

눈이 커다랗고 맑은
네 살배기 이환이

“이환아, 감나무 감은 왜 떨어질까?”

“할머니, 감나무가 감기 들어서
에취! 하니까 떨어지는 거야”

담배

누워서도 피우는 반딧불 담배
방바닥에는 작은 분화구들이 가득하다
불에 잘 타지 않는 천을 이불에 덧대어
뒤척일 때마다 거칠고 바스락거리는 소리가 난다
검게 탄 자국마다 야위었던 삶이 허허롭게 웃고 있다
여든 해를 보낸 남편의 방,
뼈대 없는 연기와 숨가쁜 소리가
꿋꿋하게 밤을 지새운다
담배 불똥은 여전히 분화구를 만들고
아내는 밤마다 선잠을 자고

열다섯 살의 달밤

파도가 부르고 있었다
방문 여는 소리
풀벌레 노래에 묻혀
엄마의 가을밤을 깨우지 못했다

밤에 마주치는 나무 그림자는
무서운 상상을 먼저 불러온다
달님이 놀라지 말라고 토닥거려주었다

바닷가 축방에 앉았다
작은 움직임도 맑은 시월 밤바다
홀로 앉아 속말을 속삭였다
드러낸 비밀이
더 비밀이 되는 밤이다

달빛을 만난 바다는
은빛 윤슬로 떼춤을 추었다
사르르 잠이 드는 잔파도 소리
별들이 눈치껏 몸을 숨겼다

하나가 드러나면 하나는 멀어져 갔다

간소해서 더 깊어지는 가을밤

내가 졌다

천리향 화분에
더부살이하는 고양이밥풀꽃
얹혀살면서도 웃음밖에 모른다
방을 비워달라고 통사정해도 웃기만 하였다
자그마한 이파리에
상상할 수 없이 깊고 탄탄한 뿌리,
익은 씨앗이 통통 튀어간 곳마다
터를 잡으려고 아등바등,
고양이밥풀꽃을 모두 불러서
널널한 새집을 마련해주었다
밤새 노랗게 재잘댄다
고양이밥풀꽃이 이겼다

딸

수선화 피는 봄날
속바지 보이도록 뛰놀던 예닐곱 살
자분자분 걸어야 한다고
데려가신 엄마는
아흔여섯 아기가 되어
마당가
동백꽃에 앉아 계신다

닮고 싶지 않아서
이 꽃
저 꽃
날아다녔었지만

그 붉은 꽃잎
내 숨소리에 떨어져
피고
지고

이웃

얼굴 한 번 못 보고 지내는 날 잦아도
해가 지고 불이 켜지지 않으면 궁금해진다

불빛도 안부다

하얀 저물녘

함박눈이 복스럽게 내린다
온 세상이 말랑말랑한 실리콘이다
차들이 모두 등을 밝히고 눈맞이를 한다
보드라운 살결이 부딪히면 아플까 봐
얼뚱아기 어르듯이
강철로 만든 차가 슬슬
기어서 간다

조개구이

부끄럼도 잊은 채
망설임 없이 속을 다 내보였다
순박하다고 할 줄 알았다

입을 귀에 걸고
한입에 삼켜버리다니

몰인정한 사람을 몰라본
어리석음이여

겨울새들이 날아간다

시린 하늘에
한 땀 한 땀 수를 놓으며
날아간다

숨이 멎는 듯
섬세한 날갯짓
흔적이라곤 남기지 않는다

바람의 길에서
바람을 거슬리지 않아
허공의 주인이 되었다

우두머리 철새 사자후獅子吼에
수천 마리가
한 몸인 듯 날아간다
옛집으로

사랑해서 미안해요

차가운 재래시장 한쪽
깻잎장아찌 파는 할머니
어김없이 앉아계신다
뜬금없이 쏟아지는
아기 손바닥만 한 눈송이
애간장이 탄다

할아버지가 그믐달로 다가오신다
낡은 우산은 가림막이 되지 못하고
손사래로 하얀 헛꽃을 쫓는다
"난 괜찮아요.
감기 들기 전에 어서 들어가세요.
어서..."

가벼운 힘

폭설이 지나갔다
부드러운 눈 더미에 눌린
청청한 소나무들
잘못이라도 한 듯 고개를 들지 못한다
애써 작은 추임새 주고받으며
덤덤한 척 버티고 있다
어울리지 못하고
버티지 못하고
삐딱하게 서 있는 나무들이
우지끈우지끈
마지막 인사를 한다

엿

대장간으로 가야 할
자루 빠진 호미
아이가 된 할아버지 손에 들려
엿장수에게 넘어갔다

어린 가슴은
엿장수 가위소리보다 빠르게 뛰고
달달한 맛이
먼저 목을 넘어갔다

큰엄마가 호미 찾아
집을 다 뒤질 때도
입안에서 쩍쩍 달라붙던
엿 맛을 잊을 수 없어
엿이 붙은 듯 입을 떼지 않았다

길고 긴 봄날 오후

꽃전

아이야
아이야
꽃 따러 가자

봄 햇살에 활짝 핀 진달래꽃
열한 살 손잡고

예쁜 꽃으로
예쁜 꽃전 부쳐서
예쁘게 먹으면
더 예뻐진단다

아이야
아이야
꽃 따러 가자

봄바람도 만나고
봄볕도 만나고

길을 걷는다

볼 수 없는 그 길
해석되지 않는 그 길을 걷는다
고압선 아래서 기차를 기다리는 이월,
햇살이 으스스한 아침을 안아준다

삼월을 머금은 바람에
풀빛옷 갈아입는 들풀에
철로를 받쳐주는 모난 돌에
내 속의 어둠을 걷어가는 그대에게
고맙다는 인사를 건네는 마음에
봄물이 스민다

빛보다 빠른
마음으로
그대에게 가는 길

흩어졌다 모이는 생각 꾸러미
아득하여라
거칠기도 하여라
연민스럽기도 하여라

타오르는 불길이기도 하여라
깃털처럼 가볍기도 하여라
자유로워라

아무런 모습도 드러내지 않는다
휘둘리지 않으려고 다시 걷는다

그대 만나러 가는 길
뾰족한 돌 틈에서
이른 민들레 한 송이 웃고 있다
이 순간 빗장 풀면 만나는 그대

곳곳에서 만나는 나의 선재여

인터뷰

꽃 한 송이 혹은 불교적 세계관

○시집을 펼치면 꽃과 나무가 카란(산스크리스트어 빛)처럼 다가온다. 꽃과 나무가 시적 출발인 것 같다. 어떤 의미가 있는가?

고향집에는 항상 꽃이 피었습니다. 농업고교의 교장선생님으로 계시는 아버지 절친께서 다양한 종류의 꽃모종을 아버지 퇴근길에 보내셨습니다. 그때는 그냥 예쁜 꽃이었습니다. 백일홍은 이름값 한다고 지겹도록 오래 피었는데, 입기 싫은 꽃무늬 원피스가 쉽게 낡아지지 않는 게 백일홍을 닮은 것 같아서 어린 마음에 엄마 몰래 꽃을 따버린 적도 있었지만 눈치채지 못하신 것 같았습니다.

필 때와 질 때를 정확하게 아는 꽃과 나무들

해가 뜨기 전 피었다가 햇살만 비추면 금세 고개 숙이는 나팔꽃, 또 햇살만 비추면 댓돌 아래서나 마당 가에서 나팔꽃

보라는 듯 알록달록 웃는 채송화, 해가 지면 피는 새색시 족두리 닮은 족두리꽃, 한겨울에도 잎이 파릇파릇한 소국, 매서운 추위에도 붉게 피어나는 홍매, 잔설을 머리에 이고 환하게 웃는 복수초, 2월이면 마당가에서 가장 먼저 고개 내밀던 수선화, 어느 꽃이든지 꽃으로 필 때는 찡그리지 않았습니다. 겨울에 목련의 꽃봉오리를 만져보면 꽃받침이 얼마나 단단한지 놀랍습니다. 한마디 말도 하지 않지만, 인욕의 극점을 넘어 꽃을 피우는 모습에 고개가 절로 숙어집니다. 참으면서 견뎌내지 못하면 꽃은 피지 않았습니다.

나무는 늘 한 곳에서 온갖 풍파를 다 맞으면서 일생을 보내지만 더 의연하게 자랍니다. 설악산 봉정암 순례길에 만난 산꼭대기 바위 정수리, 흙이라곤 없을 것 같은 곳에서 자라는 땅딸한 소나무는 멀리서 바라만 보아도 나무 전체가 근육 덩어리 같았습니다. 고목의 굵은 가지에서는 온갖 풀들이 자라고, 해질녘에 가장 먼저 합장하듯 두 잎을 오므리고 잠자리에 들었던 싸리나무 잎새는 새벽이면 가장 먼저 잎을 펼쳤습니다. 싸리나무는 일찍 자고 일찍 일어나서 부지런한 싸리나무 빗자루가 되었을 것 같습니다.

생을 다한 굴참나무에는 회색딱다구리가 가로세로 지름이 정확한 집을 지어서 새끼 낳고 살다가 떠나면 그 다음에는 박새가 와서 살다가 떠나고 마지막에는 개미가 살았습니다. 나무는 월세 전세 걱정 없이 차례로 나누고 있었습니다. 절집을 다니던 산길에서 만난 그들이 삶을 회향하는 모습은 제게 큰 울림이었습니다. 이른 아침 하늘이 무겁고 숲에도 무거운 침

묵이 흐르면 금방 비가 올 것 같아도, 새소리가 요란하면 비는 내리지 않았습니다. 개미들이 부지런히 산길을 오르면 어김없이 비가 내렸습니다.

○시집 제목을 비롯하여 불교적 사유와 불교적 소재가 엿보인다. 시적 배경은 무엇인가?

지금 생각하니 아버지가 독실한 불자이셨습니다. 어장을 하던 저희 집에는 스님도 오셔서 용왕기도도 해주셨고, 집성촌인 우리는 보름이나 초하룻날 새벽에는 할머니 큰엄마 당숙모랑 새벽부터 전등을 들고 남해 보리암에 줄을 지어서 올라갔던 기억이 생생합니다. 할아버지 형제가 7형제이셨으니 그 자손들이 얼마나 많았겠습니까. 아버지는 새벽에 일어나시면 노래는 아닌데 음률이 있는 듯 없는 듯 뭘 외우셨습니다. 나중에 알고 보니 반야심경이었습니다. 저는 아버지께서 경經을 읽으시는 소리를 잠결에 자주 들었습니다.

보리암 가는 날

전날 가마솥에 물을 데워서 아이들부터 먼저 목욕하고 줄을 서서 산길을 올라가면 새벽어둠을 머금은 나무들은 정말 무서웠습니다. 하루는 보리암 스님이 오셔서 우리 동갑내기 육촌들과 당고모를 앉혀 놓고 반야심경을 외우면 선물을 주신다기에 가장 먼저 외운 기억이 납니다. 아버지의 반야심경을 잠결에나마 들은 덕분이었습니다. 선물은 단주와 스님이 되는 것이었는데 얼마나 놀랐는지 모릅니다. 제발 스님이 우리 집에 오시지도 말고, 외운 반야심경을 잊어버리면 될 것 같아서 잊으려 해도 잊히지 않아서 걱정이 태산이었던 적이 있습니다.

10대 때부터는 법정 스님의 책을 읽기 시작하였는데 삶에 대한 겸손함, 사물을 있는 그대로 보는 고루고루 한 사랑, 끊임없이 자연에 예경하는 모습에 많은 영향을 받았습니다.

○불교에 대한 지속적인 관심은 무엇 때문인가?

아주 오래전 어느 인문학자께서는 종교도 적성이라고 하셨는데 공감하는 부분입니다.

가까이 지내는 지인들의 종교도 다 다릅니다. 교회나 성당에 가야 할 때는 당연히 그 예법대로 따릅니다. 지금 부처님과 예수님이 계신다면 서로가 옳다고 팔을 잡아당기는 일은 하시지 않았을 것 같습니다. 굳이 말하자면 관심이라기보다는 일상이라고 말씀드리고 싶습니다. 사람이 부처라고 하는 인불사상人佛思想, 아주 오래전 서울 강남 봉은사에 다닐 때였습니다. 사시예불이 시작되기 전에 예불을 올리시는 스님께서는 "오늘 설거지하지 않고 절에 오신 분은 내일부터 반드시 설거지하고, 집 안 정리 다 하시고 오세요. 집이 가장 소중한 법당이고, 가족이 가장 소중한 내 부처님입니다", "불교는 이상은 높게 가지되 현실에 충실해야 합니다", "마음을 잘 쓰고 사는 것이 불교입니다". 이러한 가르침들이 스며들어 자연스럽게 일상이 되었습니다.

○공양간에선 무슨 생각을 하는가?

먼저 무조건 "고맙습니다"입니다. 공양간에서는 보시해준 사람에 대한 고마움이 먼저입니다. 내 것을 남과 나눈다는 것은 결코 쉬운 일이 아닙니다. 공양간의 모든 것, 아니 절집의 모든 것은 마음나누기에서 시작됩니다. 누군가의 따뜻한 마음이 모여 소박하게 두루 나눌 수 있기에 고마움은 바탕에 깔려 있습니다. 쌀 한 톨이라도 허투루 버려지지 않고 사람과 사람의 마음을 기쁘게 나눌 수 있는 플랫폼 역할을 할 수 있는 곳이 아닌가 합니다.

○차를 마실 땐 무슨 생각하는가? 차와 인연은?

자연스럽게 차향과 맛을 음미하게 되고 또 혼자 마실 때는 더 여유롭고 주위까지 정갈하고 착해지는 듯합니다. 생각이 복잡할 때도 물을 끓이고 차를 우려내는 동안 어느새 맑게 순화되는 자신을 느낍니다. 같은 차라도 물에 따라서 차 맛이 다릅니다. 여린 잎에서 우러나는 맑고 오묘한 맛은 들뜬 마음도 차분히 가라앉게 하는 마력이 있습니다. 차 한 잔을 앞에 두고도 무수한 별들이 왔다가 흘러간 시간을 봅니다. 거친 환경을 버티고 나서 내뿜을 수 있는 맛은 부드럽고 따뜻하고 인정스럽고 강렬하지 않았습니다. 차를 마시는 일은 생각의 모서리를 둥글게 빚는 것 같습니다.

茶

서른을 갓 넘어서입니다. 지금은 차 명인이 되신 순천 선암사 근처에 사시는 최광수 다인께서 직접 제다한 차를 우려주셔서 마신 적이 있습니다. 집으로 돌아오는 두어 시간 동안 입안에서는 여린 연둣빛 차향이 가시지 않았습니다. 다른 음식을 먹고 싶지 않을 정도로 부드러우면서도 보내고 싶지 않은 여운이 오래 갔습니다. 그때부터 차와 동행이 시작되었습니다. 그렇다고 격식을 갖추어서 정좌하고 마시는 것이 아니라 그냥 편하게 마십니다. 외출할 때도 항상 차를 우려서 갖고 다니는데 생차보다는 발효차를 많이 마시는 편입니다. 남양주시에서는 해마다 정약용문화제를 개최하고 있습니다. 유네스코 지정 세계기념인물이신 다산 정약용 선생의 실사구시實事求是 사상과 인문 정신을 현대적으로 계승해 온 남양주시 대표 문화제입니다. 선생께서는 생전에 차를 즐겨 마신 다인茶人이기도 하셨고, 수종사와 선생의 생가는 지척의 거리입니다. 어릴 때는 어머니와 손잡고 오르던 수종사, 장년이 되어서는 친구와 오셔서 차를 마셨다고 합니다. 그 깊은 인연으로 문화제가 개최되면 선생께서 수종사에서 즐겨 마셨던 그 석간수로 먼저 차를 올리는 헌다 의식이 있습니다. 차 한 잔의 인연이 수종사에서 다산 선생으로 이어져 십여 년째 집례執禮로 참여하고 있습니다. 선생께 누가 되지 않도록 간소하면서도 격格을 잃지 않으려고 정성을 다합니다.

○삶은 수행인가? 공덕인가?

제게 있어서는 수행이라는 생각입니다. 나이가 어렸을 적에는 상상조차 하지 못했습니다. 불교 경전인 법화경에는 인욕의 방에서 자비의 옷을 입는다는 말씀이 있습니다. 세상 모든 일이 홀로 되는 것은 하나도 없고 순탄하게 그저 되는 것도 없이 얽혀 있습니다. 화나는 일이 있을 때도 뱉은 말보다는 참으면 더 편안하다는 것을 지나고 보면 확연히 알게 되었습니다. 바깥으로 나가는 날 선 시선을 끊임없이 안으로 돌리면 처음에는 힘들어도 그 습관의 씨앗이 싹이 트는 일주일은 더 부지런히 들여다보고, 게으르지 않고 자신을 꾸준히 살피면 마음을 안으로 돌리는 시간도 단축되고 거친 감정의 파도는 자연히 잦아들었습니다. 그 일상이 가랑비에 속살이 젖듯 공덕으로, 선한 영향력으로 터를 잡지 않을까요?

○삶은 인연인가? 우연인가?

삶은 인연이라는 생각입니다. 그 가운데는 항상 자신이 서 있었습니다. 원인 없는 결과가 없었고 손뼉도 서로 부딪쳐야 소리가 났습니다.

○3행시 등 짧은 시가 눈에 띈다. 시의 형태적 측면에서 특별한 이유가 있는가?

가장 먼저 사람이 공감하는 시를 쓰고 싶었습니다.

첫시집에

〈전화〉

"보고 싶어요"

라는 시를 읽고 눈물을 쏟았다는 독자의 말을 듣고, 사람에게 그냥 따뜻하게 다가가는 시를 써야겠다는 생각을 더 굳혔습니다. 세상은 어차피 진수성찬입니다. 그러나 자신이 그것을 다 먹을 수는 없습니다. 인연 따라, 적성에 따라서 만나게 되는 것 같습니다. 류근 시인님께서는 제 시가 너무 착하다고, 그렇게 착하지 않아도 된다고 웃으시며 말씀하셨습니다만 정情이 많은 제 성품일 수도 있습니다. 틀 속이 아닌 틀 밖의 시라도 읽는 분들께 그대로 푹 다가서고 싶어서입니다. 소통에는 길고 짧음이나 형태는 두 번째가 아닌가 합니다.

○어머니를 비롯한 혈육에 관한 시도 엿보인다. 그들을 소환한 이유는 무엇인가?

자식은 부모를 흉보면서 닮고, 싫어하면서도 닮는다고 합니다. 습관의 DNA에는 함께 살면서 늘 긍정을 심어준 가족이 든든하게 울타리를 하고 있습니다. 어릴 적에는 제가 섬 밖의 세상을 접할 수 있는 것이 오로지 라디오였는데, '꽃과 같이 곱게 나비같이 춤추며 크는 우리'라는 시그널 음악이 나오면 오후 5시 10분 '어린이 시간'입니다. 엄마는 그 시간에는 오롯이 라디오만 듣게 하였습니다. 한가한 시간에는 고무줄놀이, 오자미놀이도 같이 하였고, '오빠생각', '꽃밭에서' 이런 동요를 다 가르쳐 주셨습니다. 그렇게 하시면서도 외동딸이 버릇없어질까 봐 너무 엄하게 키우셔서 한때는 계모가 아닌가 하고 의심하였습니다. 저 역시도 그다지 살가운 딸은 되지 못하였습니다. 너무 엄하게 키우면 정情이 없어진다는 것을 그때 알았습니다. 아흔을 넘어 병원에 계실 때 눈물을 글썽이시면서 그렇게 하지 않아도 되었는데 미안하다고 하셨습니다. 그러나 세월이 가고 문득문득 "아, 엄마는 이럴 땐 이렇게 하셨지" 하는 기억에 그대로 하고 있는 저를 봅니다. 그다지 넉넉하지는 않았지만, 마음이 메마르지 않게 성장할 수 있었던 것은 생각이 젊은이 같으면서도 따뜻한 부모님, 4남 1녀의 외동딸인 저를 무뚝뚝하지만 늘 귀하게 보살펴주신 오빠들이 계신 덕분이었습니다.

내 삶의 마중물 아버지

어장에 일을 하러 오신 아저씨가 계셨습니다. 아버지께서는 남의 집에 일하러 온 것은 사람이 못나서도 아니고 오로지 돈을 벌려고 온 사람이라고 절대 함부로 막 대하지 말라고 하셨습니다. 엄마는 밥그릇에 밥을 펄 때도 아버지 다음으로 아저씨의 밥을 꾹꾹 눌러서 그야말로 고봉으로 담았습니다. 간간이 아침밥을 얻으러 오시는 아주머니에게도 우리 집에서는 대접받고 가라고 하시면서 반드시 소반에 밥을 차려서 먹게 하고 바구니에 밥을 담아 보냈습니다. AI(인공지능) 기술로 단 한 사람만 디지털복원으로 만날 수 있다면 제가 열여덟 살에 돌아가신 아버지를 꼭 뵙고 싶습니다. "시를 쓸 수 있는 감성을 주셔서 고맙습니다. 여태 쓰고도 부족하지 않은 사랑을 주셔서 고맙습니다. 늘 마음나누기에 인색하지 않게 가르쳐 주셔서 고맙습니다. 사람을 차별하지 않는 따뜻함을 주셔서 고맙습니다"라고 팔짱을 꼭 끼고 말씀드리고 싶습니다.

○시인의 삶과 일상인의 삶은 같은가? 다른가?

시인이라고 해서 먹고 자는 일상사를 하지 않는 것은 아니고, 시인이라고 해서 특별히 세상의 틀 밖에 사는 것도 아닙니다. 사람마다 생각이 모두 달라서 각자 인연 따라 취미와 직업을 가지고 자신에게 맞는 환경을 만들면서 끼리끼리 어울려 사는 것뿐이겠지요. 자신의 안목이 자신의 세상을 만들어 나가듯이 사물 하나를 두고서도 바라보는 관점이 다를 수 있습니다. 다만, 어떤 환경에서 어떤 생각의 씨앗을 심었느냐에 따라 모두 다양한 방법으로 살아가겠지만 바탕은 같다고 봅니다.

○시를 언제부터 썼는가?

그냥 글을 쓰는 것이 좋아서 어릴 때부터 일기를 썼습니다. 중학교 때는 국어선생님께 칭찬받는 일에 자신감을 갖게 되었고, 무엇이든지 썼습니다. 그 무렵에는 혼자 있는 시간도 좋았고 글을 쓰는 일이 더 좋아졌습니다. 20대 중반 무렵 오랫동안 쓴 일기를 누군가 몰래 읽은 흔적을 알고는 모두 불태워버리고 글 자체를 쓰지 않았습니다. 그 후로는 몇 줄씩 썼다가는 버리는 일이 다반사였습니다.

○시를 쓰게 된 동기는 무엇인가?

집에서 4km 거리에 면소재지가 있고 남녀공학인 중·고등학교가 있었습니다.

아버지께서는 외동딸인 저를 아들 많은 집에서 여성스럽게 키워야 한다고 굳이 읍에 있는 여자중학교로 보냈습니다. 저는 사촌 언니들을 초등학교 고학년 때까지 오빠들이 부르는 대로 경상도 사투리로 "누야"라고 따라 불렀습니다. 하도 말수가 적어 심심하다고 별명이 '심심이'인 엄마는 모두 다 다니는 중학교를 지척에 두고, 어린 딸을 굳이 외가에서 학교를 다니게 해야 하느냐고 언성까지 높이면서 반대하였지만 아버지를 이기지 못했습니다.

아버지의 쪽지편지

아버지는 일주일에 두 번 정도는 집에서 읍 차고지로 들어오는 막차 편으로 항상 쪽지편지를 보내셨습니다. 토요일이면 제가 집으로 가고 아버지께서도 주중에 외가로 오시기도 하였습니다. 운전사 아저씨는 아무 말씀 없이 항상 빙그레 웃으시며 제 머리를 쓰다듬어주시곤 호주머니에서 쪽지편지를 건네주셨습니다. 쪽지편지를 받아 들고 외가로 내려오는 길은 대나무가 많아서 '대뫼[竹山]'라고 불렀는데 그 길이 약간 외롭기도 하고 그리움이 시처럼 아름다운 시간이었습니다.

본격적으로 시를 써야겠다고 마음먹은 것은 다 자란 후에 아버지 불교에서 벗어나고부터입니다. 모든 것은 마음이 만들어낸다는 일체유심조一切唯心造, 심외무법心外無法은, 신선한 충격이었습니다. 초기 경전인 법정 스님의 '법구경', 어느 한 구절도 청구서(?)가 없이 깔끔한 '금강경', 마음은 닦는 것도 아니고 쓰는 대로 나온다는 말씀에서 이 멋진 가르침을 시로써 표현해야겠다는 생각이 더 굳혀진 것 같습니다.

○시는 삶의 형상화인가? 아님 언어의 형상화인가?

어떤 시선으로 바라보느냐에 따라 다르다는 생각입니다. 제게 있어서는 삶의 형상화가 바탕이 됩니다. '언어의 형상'으로만 본다면 한쪽 발은 땅에 딛지 않고 걷는 것 같은 느낌, 금덩어리에 노란 물감을 덧칠해서 금을 드러내지 않는 것 같은, 그러나 삶을 기록하는 힘은 언어가 아닐까 합니다. 희로애락의 질펀한 삶의 형상화를 언어로써 형상화하지 못한다면 어떻게 되겠습니까? 동행할 수밖에 없는 사이라는 생각입니다.

○시를 주로 언제 쓰는가?

꽃이 피는 모습을 빠른 속도로 촬영할 때처럼 시상이 떠오를 때는 장소를 가리지 않고 흐려지지 않게 그 자리에서 신선하게 씁니다. 주로 휴대전화 메모장을 이용하는 편입니다. 그럴 때 말고는 간단하게 메모해두었다가 일상이 마무리된 시간이나 새벽 시간에 쓰는 일이 잦습니다. 언젠가 구상 선생님께서 밤에 쓴 시는 반드시 뒷날 다시 점검해야지 그냥 드러내면 절대 안 된다고 하신 말씀은 꼭 지키고 있습니다.

○시를 쓴다는 행위를 어떻게 정의하는가?

어떤 상황에서도 자신을 잘 보존하는 맑은 샘물, 삶의 건강한 블랙박스, 그림자는 누구도 따라가지 않고 그늘에서는 없는 척하다가 햇빛 앞에서는 한 치 오차 없이 드러납니다.

○시 쓰기의 고통이나 기쁨에 대하여

시의 형태를 의식해서 그 틀 속에서 시를 쓰지 않아서 고통까지 느끼지는 않습니다. 그리고 제 몫으로 오는 모든 일상은 수행이라고 생각하기에 웃고 울면서도 받아들일 수밖에 없고, 그런 일상이 저의 시詩로 탄생하는 것 같습니다. 때로는 시가 주는 은유를 멋들어지게 드러내지 못할 때는 멈칫해지고, 감탄사가 절로 나오는 표현을 읽으면 순간 부럽기도 하고 때론 아쉽기도 합니다. 어려운 단어로 길게 추상적으로 쓴다고 독자가 자주 찾는 시점방詩店房은 아닌 듯합니다. 나이가 어렸을 때는 이것저것 구분지어 가리는 것이 있었다면 지금은 삶을 담담하게 드러낼 수 있어서 오히려 편안합니다. 책상 앞에 앉아서 글을 쓰고 읽는 일은 오롯이 저를 찾아가는 맑은 수행이라는 생각에 기쁨이 됩니다.

○이번 시집에서 혼자 낭독하고 싶은 시 1편을 꼽는다면?

무탈無頉

○시의 독자는 소멸하고 있다. 그에 대한 시인의 생각은?

자신이 써 놓고 자신의 해설이 더 난해한 시, 이 시, 저 시에서 가져온 달달한 시어로 짜깁기한 시, 술에 취한 듯한 맞춤법의 시들이 인터넷에서 즉석식품처럼 넘치는 것, 과시하듯이 단체를 우후죽순처럼 만들어서 세몰이하는 형태 등 여러 원인이 있지 않나 싶습니다. 우리 이웃들이 따뜻하게 읽으면서 위로받으며 함께 걷는 시들이 들꽃처럼 피어났으면 합니다. 한편으로는 이 세상에 변하지 않는 것은 그 무엇도 없듯이 또 그렇게 파도의 주기처럼 흐르면서 변하지 않나 싶습니다.

○시를 쓰는 힘은 무엇이라고 생각하는가?

저를 가장 잘 아는 절친, 마음을 잃어버리고 싶지 않아서입니다. 제 마음나무의 아프고 힘든 모습을 느낄 때마다 시를 쓰면서 위로받고 추스르고, 기쁨으로 필 때는 무조건 고마움으로 회향하고, 제가 시를 쓰면 "잊지 않았구나. 나를 버린 줄 알았지" 하면서 웃으며 안아주는 제 마음, 언제나 무관심한 듯, 이 행복한 시간을 마음껏 누리게 해주는 가족의 배려가 아침 나절 햇살입니다.

○이번 시집을 출간하면 꼭 하고 싶은 일이 있는가?

특별하게 하고 싶은 일은 없이 시집을 홀가분하게 시집보내고, 더 단순하고 낮은 일상으로 돌아가서 틈틈이 써 두었던 반쪽짜리 산문과 단시短詩를 다시 만나야겠습니다. 그리고 오랫동안 함께한 시 동아리 문우들과 조촐하게 곡차 한 잔 하고, 시집을 기다리던 도반들과 나누고 싶습니다.